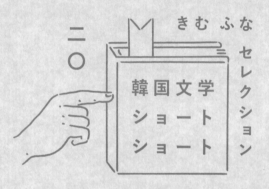

きむ ふな セレクション

二〇

韓国文学
ショート
ショート

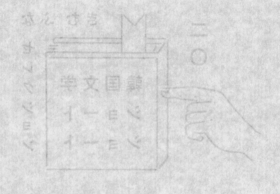

スプレー

キム・ギョンウク 著

田野倉佐和子 訳

彼がよその家の宅配の箱を持ってきてしまったのは、単なる過ちだった。なにげなく送り状に目をやった時には、すでに封のテープを半分ほど剥がしてしまっていた。一〇九号。箱の横に黒いマジックでなぐり書きされた数字を確認する彼の表情が固くなった。守衛が書いた数字は七〇九号とも読めなくはない。最近入った守衛だから、筆跡も見慣れないものだった。なにしろ必要な物のほとんどをネットショップで調達している彼が、仕事帰りに荷物を受け取らずに部屋に上がることはほとんどない。あり得ない過ちではなかった。けれど不注意な行動が、自分としては納得できない。ショートメッセージでさえ推敲を重ねて送る彼だった。いつもだったらテープを剥がす前に、まず送り状をチェックするはずだ。何かがこじれてしまったような気がした。誰かの湿った手を握っているかのように不快だった。

実際に湿ってきたのは彼の手だった。緊張すると必ず表れる症状。初恋に破れたのもその湿ってじっとりした手のせいだということは、明らかだった。初めて手をつな

いだ数日後に、突然別れを通告されたのだから、理由はそれ以外に思い当たらなかった。その後、女性の手を握ったことは一度もない。足ならば数え切れないほど触っていたのだが。今日だけでも二十一人の足を相手にした。彼は有名デパートの婦人靴売場でマネージャーをしている。片方の膝をつき、客の足に靴を履かせ、ヴァンプと呼ばれるつま先部分と踵を確認することが仕事なのだ。客にもできる限り手が触れないようにしていた。クレジットカードを受け取ったり、商品を渡す時も、客の手に触れないように気をつけた。何かの拍子にかすかに触れてしまった時でさえ、火にでも触ってしまったかのように驚いた。手はただの前足だ、と呪文をかけてみても何の効果もなかった。

彼はズボンに手を擦（こす）りつけ、何が間違っていたのか思い返してみた。手が湿っているのはよその家の宅配便を持ってきてしまったからで、よその家の宅配便を持ってきてしまったのは集中力が鈍っていたからで、集中力が鈍ってしまったのは疲れていたからで、疲れていたのは寝不足のせいで、寝不足なのは隣の猫の鳴き声のせいだった。

同じ過ちを繰り返す確率がかなり低くなる過ちの原因がわかると心が軽くなった。同じ過ちを繰り返す確率がかなり低くなるからだ。湿った手についても心が軽くなった。

彼は女性の手を遠ざけることによって、同

〇〇四

じ過ちを繰り返さずにすんでいた。初恋に破れた理由を見つけられていなければ、不可能なことだった。愛されることより、過ちを避けることの方が重要だった。彼が過ちを犯すと、父親はいきなり怒鳴った。おまえ、自分が何をしているのかわかってるのか？　彼は何も答えられなかった。すると父親は舌打ちしてつぶやいた。情けない奴め。

彼は半分ほど剥がしたテープの上から、新たにテープを貼り直した。箱はお粗末な感じになってしまったが仕方ない。開けたことがバレたとしても、誰がやったのかはわからないはずだ。元の場所に戻しておきさえすれば、それでいい。彼は箱を抱え、急いで家を出た。

守衛室に座っている守衛を見て、彼はたじろいだ。宅配便の箱は守衛室の真向いの壁際にきちんと積まれていた。守衛の目を盗んで箱を置いてくるのは不可能だ。間違えて持っていったなどという、つまらない弁明を避けられないだろう。他人の宅配便を開けてしまった人、というレッテルを貼られるのは我慢できない。面倒だが守衛が席を離れている間に置いてくるしかないと思った。彼は踵を返した。

翌日の仕事帰りにマンションの入口にさしかかった彼は、守衛に詰め寄っている中年の女の姿にぎょっとした。彼は宅配便の箱を確認するふりをしながら、女の言葉に耳をそばだてた。

箱に足が生えたとでも言うの？

明らかに一〇九号だ。

貴重品でも入っていたんですか？

守衛が消え入りそうな声で尋ねた。

大したことない物なら、こんなにアタマにこないわよ。だから監視カメラを設置しようと言ったのに、それほどお金がかかるわけじゃないのに反対するなんて。もうんざり。出ていくしかないわね。こんなおんぼろマンション。

守衛は口をぎゅっと結んだまま、キャップのツバを触るばかりだった。

彼は七〇九号と書かれた箱を抜き取ると、足早にエレベーターに向かった。後頭部がヒリヒリする。一〇九号の宅配便を元に戻すことができなくなった。過ちを挽回する機会を永遠に失ったのだ。みんな隣の猫のせいだ。エレベーターの「閉」ボタンを押す彼の手は湿っていた。

彼は隣の部屋の前に置かれていた黒いビニール袋を蹴飛ばした。出前のプラスチックの容器が飛び出してくるかと思ったのに、食べ残しのジャジャン麺とたくあんが床に飛び散った。彼は振り返った。廊下には誰もいなかった。

ドアを開けかけて、床に飛び散っている食べ残しを眺め、ため息をついた。キッチンから使い捨てのビニール手袋を持ってくると、再び外に出た。ビニール手袋をはめた手で食べ残しを黒いビニール袋に戻し、抗菌ウェットティッシュで床をごしごし拭いた。ビニール袋を蹴とばしたことを知っている人は、この世界に彼だけだ。その事実に少し慰められた。

元に戻すことができなくなった宅配の箱をひとしきり眺めていた彼は、箱のテープを乱暴に剥がした。箱の紙がテープにくっついてベリベリと裂ける時、ゾクゾクっと快感を感じて体が震えた。今まで感じたことのない思いがけない快感に、彼は慌てた。

初恋の相手と酒を飲んだ時のことが、ふと思い出された。初恋の相手の手を初めて握った日。かなり飲んだはずだ。席を立つ時、彼女が言った。このグラス、きれい。欲しいな。彼の目にはありきたりなガラスのコップにしか見えなかったが、世界で一番珍しくて、美しいグラスででもあるかのようにはしゃいでいた。酔いが回ったせい

〇
〇
七

だろうか。彼はグラスをジャンパーのポケットにこっそり突っ込んだ。胸がドキドキした。何かしでかしたように興奮し、秘密がバレるかもしれないと怖くなった。カウンターにグラスを載せ、彼は声を低くして従業員に尋ねた。このグラス、いくら出せば買えますか？

彼は宅配の箱を開けた。化粧用コットンからマニキュアまで、雑多な美容用品が箱いっぱいに入っていた。使えそうなものは汗のにおいを消すスプレーだけだった。腋の下に吹き付けるスプレー。彼はスプレーを空中に撒いてみた。ラベンダーの香り。スプレー以外の物はごみ箱に捨てた。

彼がまたよその家の宅配便を持ってきたのは、過ちではなかった。よその宅配の箱の、テープを剥がす快感が忘れられなかった。今回は隣の棟から持ってきた。守衛が席を外している隙を狙い、持ち運びしやすい小さな箱を選んだ。彼はエレベーターを待ちながら、中身を想像した。だが想像は長くは続かなかった。ズボンの裾が湿っていると思ったら、小便の臭いが鼻を突いた。振り返ると猫が一匹。隣の猫だ。いつだったか、隣に住む女が抱いているのを見たことがある。平凡なこと

〇〇八

この上ないトラ猫だったが、自分を眺めていた高慢な表情が忘れられなかった。もっと忘れられなかったのは、女の後ろ姿だった。スカートの下からスラっと伸びた足が印象的だった。彼の手が湿ってきた。小便臭さが我慢ならないうえに、ずっと寝返りを繰り返していた昨夜の記憶が甦った。静かになるかと思うと、また猫が鳴き始める。まったく眠れなかった。女の靴音が聞こえてきたのは、いつものように明け方の五時頃。彼は一晩中眠れなかったわけだ。女はいつもその時間に帰ってきたし、彼は同じ時間に目を覚ました。女の靴音が嬉しくない彼だった。その音さえしなければ、あと一、二時間は眠れるのだから。耳が特に敏感なわけではないのに、どういうわけか隣の女の靴音が聞こえるとすぐに目が覚めてしまう。好むと好まざるとにかかわらず、女がシャワーを浴びる音を聞きながら、女がつけたラジオの音を聞きながらネクタイを締め、女が猫に話しかける声を聞きながら家を出なければならなかった。いつものように女がシャワーを浴びる音を聞きながら便器に座っていたが、彼は排便することができなかった。一日が台無しになる予兆だった。トイレから出るとすぐに、インター慣で水を流したものの、カッと頭に血が上った。＊ けだるく鳴り続ける呼び出し音を聞きホンの受話器をとって隣の部屋番号を押した。

ながら、彼は唾をごくりと飲み込んだ。隣の女と通話をするのは初めてだ。

もしもし？

隣の者ですが。

何ですか？

女の声には警戒心が潜んでいる。

猫の鳴き声のせいで眠れなかったんです。

彼は丁寧に言った。

え？　本当ですか？

本当です。

変ですね。うちの子、鳴かないんだけど。

確かに鳴いていました。それに、今回が初めてではないんです。

しばらく沈黙が流れた後、隣の女が尋ねた。

何号室ですか？

彼はギクッとした。手が湿ってきた。

七〇九号です。

〇一〇

掌をズボンに擦りつけながら彼が答えた。

他の部屋からは何も言われないんだけど。

一晩中、一睡もできませんでした。

彼の声のトーンが上がった。

九足の靴を試したあげく、何も買わずに帰ってしまう客にも、極めて礼儀正しく挨拶する彼だった。殺風景な部屋の中に響く、自分の尖った声が他人の声のようだ。わかりました。

それだけだった。「すみません」とか「気をつけます」という言葉はなかった。ガチャンと電話が切れた。落胆して受話器を置きながら、彼はボソッとつぶやいた。わかりました。手は冷たくなっていた。

彼は猫をにらみつけた。ニャー。猫はしっぽを軽く振ると、携帯電話で通話している女の足を舐めた。隣の女だった。猫のしたことに抗議しようとした彼は、女が自分

＊【隣の部屋番号を押した】韓国のマンションは、インターホンで居室番号を押すとその部屋につながるシステムとなっていることがある

〇一一

を見た瞬間、慌てて横を向いた。彼は掌をズボンで擦りながら、横目で女の様子を窺（うかが）った。今日は仕事に行かないのか？　彼はピンクのトレーニングウェアスタイルだ。

尻にはピンクを意味する英語がプリントされている。まさに彼が嫌いなスタイルだった。馬の尻に押された烙印が思い浮かぶ。何と言うか、下品だ。

隣の女は通話しながらエレベーターに乗った。彼は女の後に続いた。隣の女はエレベーターの隅の方に向かうと思ったら、こちらに背中を向けて立っていた。猫がエレベーターの中の鏡を見るために、毛を逆立てて尻尾をクイッと上げたまま小便を噴射した。

エレベーターのドアが開くと、猫が最初に降りた。彼は最後に降りた。女は今も通話中だ。彼は隣の女の後ろ姿を鑑賞しながらゆっくりと歩いた。猫が廊下の端に停めてある自転車のタイヤに向かって、また小便をかけた。彼は自分のズボンの裾についたシミを今更ながらに見下ろして、眉をひそめた。

家に帰った彼は、まずズボンを洗った。洗剤をたっぷり入れたのに、臭いはなかなか取れなかった。彼はズボンを物干し台に広げて、シミがついた場所に制汗用のスプレーをたっぷり吹きかけた。それから、猫の小便が体についてしまったかのように、

〇一二

隣々まで丁寧にシャワーを浴びた。

隣の棟から持ってきた宅配の箱を前にして、やっと彼の表情も和らいだ。テープを剥がす時、間違いなく強烈な解放感を味わった。箱の中に入っていたのは、プラスチック製の仔犬の形をしたおもちゃだった。ゼンマイもついている。ゼンマイを巻くとワンワン吠えながら前進し、尻尾を風車のように回しながら横に転がった。ゼンマイがすべてほどけた時、仔犬は腹を出したまま横たわっていた。

仔犬を拾い上げてごみ箱に向かうと、玄関のインターホンが鳴った。隣のインターホンだ。彼は玄関のドアにピッタリくっついて耳を澄ました。俺だ。男の太い声。鍵を外す音と開閉するドアの音が続けて聞こえた。

彼はドアを開けて外に出た。外はすでに薄暗かった。マンションの共用廊下の手すりに寄りかかって下を見下ろしていた彼は、仔犬のおもちゃのゼンマイを巻いて、手すりの上に載せた。仔犬はワンワン吠えながら前進した。手すりの端に向かって。彼が手を伸ばしたが、仔犬は手すりの向こう側に落ちてしまった。しっぽは空中でも風車のように回っていた。仔犬が粉々になる音が響いた。彼は周囲を見回した。廊下に

も下にも人の気配はなかった。

隣のドアが開く音がしたのは、一時間くらい経ってからだった。彼は隣のドアが閉まる音を確認してから、そっと外を覗き見た。向こうの方に歩いていく男はトレーニングウェアスタイルだった。その日の夜、猫の鳴き声は聞こえなかった。

彼がまたしても、よその家の宅配の箱を持ってきたのは、やはり過ちではなかった。彼は過ちを繰り返す人間ではない。次も、その次も同じだった。棟を変えつつ、宅配の箱を取ってきた。一度行ったところには二度と行かなかった。うっかりするといけないから、マンションの敷地の地図に×印をつけることまでした。

彼にとって箱の中身は興味の対象ではなかった。重要なことは、よその家の宅配のテープを乱暴に剥がす時に感じる解放感だった。だが、隣の宅配の箱を持ってきたのは、解放感のためではなく、好奇心からだった。

定期的に催されるデパートのバーゲンセール初日だった。腰を伸ばす暇もないくらいに客が押し寄せた。帰宅する道すがら、早くシャワーを浴びてベッドにもぐり込むことだけを考えていたが、宅配の箱の前を素通りすることはできなかった。箱に書か

れている数字を一瞥した彼は、目を見開いた。数字を何度も確認する。一〇八号では
なく七〇八号なのは確かだった。隣宛の宅配の箱を見たのは初めてだ。正確に言うな
ら、彼がよその家の宅配便を持ってくるようになってからは、初めてだった。

守衛はうつらうつらしていた。彼は隣宛の宅配の箱を抜き取った。もちろん好奇心
もあったが、怒りのせいでもあった。猫の鳴き声のせいで、寝そびれてしまう夜が続
いていた。猫は女がいない時にだけ鳴き続けた。女が家に帰ると、そんなこととしたっ
け、というように静かになった。だからなのか彼の抗議はいつも黙殺された。女は声
を荒らげたりもした。逆ギレ以外のなにものでもない。女は目立って神経質になって
いるようだ。週末の夕方、通ってくる男ともよく口論しているようだった。神経が過
敏になったから男と言い争うのか、男と言い争うから神経が過敏になったのかわから
ない。はっきり言えるのは、男の服装だ。男はいつもトレーニングウェアを着ていた。

男の後ろ姿が向こうの非常階段に消えていくのを見守るのは、いつも彼の役目だった。
箱はそれほど大きくないが、軽くもなかった。彼は振り向きもせず、エレベーター
に向かった。エレベーターは十五階で止まっていた。いつもそうだ。けしからんエレ
ベーターめ。まるで、すべての人がてっぺんの十五階に住んでいるみたいだ。彼は非

〇一五

常階段を大股で上り始めた。体中の筋肉が漲（みなぎ）っていくような感じ。久しぶりに感じる活力だった。

玄関のドアを閉めた時には、汗びっしょりだった。緊張が解けていくのと同時に、けだるい疲労感に襲われた。彼は熱い湯につかりながら、箱の中身を想像した。箱の大きさに比べて重いということは、本だろうか。どんな本だろう。想像の歯車は滑らかには回らなかった。彼は想像するのが下手だった。分析なら誰にも負けない自信があったのだが。

風呂から上がった後も、彼は宅配の箱を開けなかった。ラーメンを作って食べ、食後の茶まで飲んだ。おいしいものを残しておいて最後に食べるように、決定的瞬間を最大限遅らせた。父親は口癖のように言っていた。世界には二種類の人間がいる。一番おいしいものを最初に食べてしまう人間と、最後まで残しておく人間。おまえは一番おいしいものから食べる人間にならなければならない。限界効用が一番大きい時に、一番おいしいものを食べなければならない。おいしいものを大事にするあまり、まずいものをいやいや食べる愚か者になってはいけない。父親は二種類の人間しか知らなかった。世界には二種類の人間と彼がいた。彼は一番おいしいものを口にする瞬間の

〇一六

ために、最後まで飢えを我慢する人間なのだ。だから、限界効用を限界まで引っ張った。

　彼は買っておいた新しいパジャマに着替え、大事にとっておいたシャンパンを一杯飲んで、ようやく宅配の箱をテーブルの上に置いた。宅配の箱を悠々と眺めていた彼の眉間に皺が寄った。おかしい。送り状が貼られていない。剥がした形跡もない。マジックで部屋番号だけが大きく書かれている。箱の横に書かれているものと同じ筆跡。彼は昨日配達された自分宛の宅配の箱を持ってきて比べてみた。筆跡が違う。守衛の筆跡ではなかった。不吉な予感がみぞおちから心臓に向かって、すごいスピードで強く湧き上がった。時限爆弾でも前にしているかのように、冷たい汗が流れる。どうにも気になる。

　本能は、早くその怪しい物を戻してこいと警告していたが、彼はいつの間にかテープを剥がしていた。箱には黒いビニール袋が入っていた。ビニール袋の口はナイロンのひもで結ばれていた。

　彼はひもをほどいた。ビニール袋を覗いた彼の顔が歪む。入っていたのは猫だった。隣の猫。厳密に言うなら、隣の猫の死骸。彼の手が湿ってきた。口の端がつり上がっ

〇一七

ているせいで、猫は笑っているように見えた。

彼の頭の中が慌ただしく回転した。いったい、誰が。死んだ猫を届けようとした理由は。彼は体をブルッと震わせた。死んだ猫を飼い主に送りつけるという行為に込められた暗い意図のせいだ。隣の女にダメージを与えようという意図。それは彼がこの箱を発見した時に抱いた思いと変わらなかった。

彼は箱の蓋を閉じ、テープを貼り直した。間違って一〇九号の宅配の箱を持ってきてしまった時のように。元の場所に戻してしまえばそれで終わりだと考えると、気分が少しはましになった。その夜、当然、猫の鳴き声は聞こえなかった。久しぶりに彼はぐっすり眠った。

翌朝、彼は問題の箱を紙の手提げ袋に入れた。箱には隣の部屋番号がとても大きく書かれていた。むやみに人目を引く必要はない。彼はテーブルの上にあった赤十字の会費の振込用紙も持った。今日が締め切りだ。今まで赤十字の会費を払わなかったことは一度もない。誰が何と言っても、彼は堅実な市民だった。

エレベーターから降りた瞬間、彼は眉をひそめた。守衛が守衛室に居座っているで

はないか。不覚だった。中身が中身だから、箱を持っていることさえバレてはいけないのだ。守衛室の前を通る時には、紙袋を持つ手に思わず力が入った。

元の場所に戻せなかった箱が目に浮かんで、仕事が手につかなかった。猫の死骸が入った箱は倉庫に隠したが、そわそわして落ち着かない。倉庫から猫の鳴き声が聞こえてくるようだった。仕事が終わるまで我慢しなければならないという事実が、さらに我慢できなかった。家に帰る途中で、密かに元の場所に戻せると断言することもできない。

彼は腹が痛いふりをした。ちょっと病院に行ってくるからと売場を離れた。紙袋はさらにずっしりと重くなったような気がしたし、嫌な臭いがしているような気もした。車を走らせて郵便局に向かった。近くのコンビニから普通の宅配便で送ることもできたが、彼は確実な配達を望んだ。郵便局の配達が一番信用できる。

彼は送り状の受取人の欄に隣の住所を書き込み、隣の女の名前も書いた。隣の女の名前をよどみなく書いている自分自身に驚いた。彼は集中して記憶をたどった。いつだったか、自分の家の郵便受けに誤配された郵便物で見た時のことが思い浮かんだ。送り主の欄に偽りの住所と架空の名前を書いた。そもそも彼は、この箱の中身と無関

係の人間だった。好奇心のせいで、配達が少し遅れただけ。

箱の中身は何ですか？

彼が箱を電子スケールに載せると、郵便局の職員が言った。予想外の質問だった。

猫です。

思わず出た言葉だった。しまった、と思ったが元には戻せない。彼は掌をズボンに擦りつけた。

まさか黒猫じゃないですよね？

職員がクスッと笑いながら言った。

はい。

月曜日には、お届けできます。

わかりました。

彼は無理やり笑顔をつくりながら答えた。

彼はどうにかこうにかつぶやいた。

精神疾患によって夭折したアメリカの作家に感謝しながら、彼は郵便局を出た。赤十字の会費を納めることも忘れなかった。

〇二〇

もう彼の熟睡を邪魔するものはなかった。猫を始末した真犯人が気になったが、大事なことは猫がもう鳴かないという事実だった。鳴くことのできない猫。それだけで十分だ。猫が鳴かなければぐっすり眠れるし、ぐっすり眠れれば集中力が鈍ることもないし、集中力が鈍らなければ、よその家の宅配便を持ち帰ってしまう過ちともおさらばだ。よその家の宅配の箱のことまで考えた時、彼の口元から笑みが消えた。もうよその家の宅配の箱を持ってくることができなくなってしまうと思うと、悲しくなった。

彼は睡眠用靴下を履き、加湿器のスイッチを入れてベッドに横になった。隣の女の靴音で目が覚めるまで、一度も眠りから覚めることはなかった。靴音が嬉しいほどだった。

再び彼に訪れた夜の平和は、たった一日で背を向けた。翌日が定休日だったからリラックスした気分で目を閉じたのに、途中で目が覚めてしまった。隣の騒ぎのせいだ。悪態をついていたのは女の方だった。ペテン師、裏切り、甘い汁。そんな言葉がガラスのように砕け散った。実際に何かが砕け散った

りもしていた。男の声も聞こえてきた。トレーニングウェアの奴だろう。トレーニングウェアの口からは同じ言葉が繰り返された。「このアマ」時には、「畜生、このアマ」とも。言い争いは収まるかと思うと、また激しくなる。猫の鳴き声よりもうるさくて腹が立った。トレーニングウェアが勢いよくドアを閉めて出ていくと、やっと静かになった。

彼は枕元のスタンドをつけて、目覚まし時計を確認した。深夜二時。朝、出勤しなくてもいいのは幸いだったが、何かを盗まれたような気分はどうすることもできなかった。彼は温めた牛乳を飲んで、また眠ろうとした。

やっと眠りかけた頃、再び目を覚ました。隣の部屋から、何かがぶつかる音が聞こえてきた。女が家財道具を手当たり次第に投げていた。音を聞いただけで、何が壊れているのか想像できた。時計が壊れて、皿が割れた。グラスも割れた。壊れる音は我慢できたが、割れる音は我慢できなかった。女は何度も割って、割って、割り続けた。

彼の手が湿ってきた。足も湿ってきた。

彼は睡眠用靴下を脱ぎ捨てた。足が湿ってくるのは珍しい。女は世界中の夜をぶち壊す勢いだ。誰かが女を止めなければならない。猫の死骸を収めた箱を女に送りつけ

ることにしたのは、我ながらよくやったと思いながら、彼はベッドから出た。イン
ターホンの受話器を握る彼の顔はひどく引きつっていた。かなり長い呼び出し音の後、
やっと女が受話器を取った。

今、何時だかご存じですか。

彼が丁寧に尋ねた。

女は何も言わない。彼は掌をパジャマで拭いた。

今、何時だかおわかりですかって言ってるんですよ。

彼が再び丁寧に尋ねた。

クソ野郎。

女が冷たい声で吐き出した。

彼は後頭部を強く殴られたような気分になった。そんなにひどく罵る言葉を聞いた
のは、生まれて初めてだった。彼が聞いた最悪の罵りは、父親の口から出た「情けな
い奴め」という非難だった。カウンターパンチをくらったボクサーのように息が止ま
り、足がガクガク震えた。彼は受話器をギュッと握りしめた。

急に女が激しく泣き始めた。感情の堤防が決壊してしまったかのように、女は悲し

げにすすり泣いた。女は長い間泣いていた。女の泣き声は受話器越しにも壁越しにも聞こえてきた。

彼は女が泣き止み、無言で電話を切ってから受話器を置いた。女の手を握っていたかのように、手は汗でぐっしょり濡れている。怒りは過去のものとなっていた。怒りが去った後には、後悔が押し寄せてきた。女に、してはいけないことをしてしまった気分。女の前に跪いて足を撫でたかった。女の部屋の前にあった黒いビニール袋を蹴り上げたこと、猫を憎んだこと、うるさいと電話をしたことが悔やまれた。なにより猫の死骸を送りつけたことが心に引っかかった。復讐心に囚われて、つい……。だから、女が猫の死骸を見ることだけは阻止しなくてはならない。もう鳴けない猫ではないか。

彼は朝食を食べるとすぐに、マンションの入口がよく見える場所に車を停め、運転席に体を沈めた。郵便局の車はいつやってくるかわからない。眠気を覚ますために、保温水筒に入れてきたコーヒーを一気に飲んだ。昼食も家から持ってきたパンと牛乳で済ませた。一瞬たりともここを離れられない。小便さえ空のペットボトルで処理し

〇二四

た。張り込み中の彼を苛んだのは眠気や尿意ではなく、むくむくと膨れ上がる屈辱感だった。いったい、自分は何をしているんだ。隣の女が猫の死骸を見たって見なくたって、彼には何の関係もない。力が抜けて腹が立った。彼の苦労を隣の女は知るはずもないからだ。それでも彼はそこから動かなかった。行きがかり上仕方なかったし、せっかくの苦労を無駄にしたくなかった。意味不明の負けん気まで生まれた。

彼は隣の女が家を空けることを願った。そうすれば郵便配達員が荷物を守衛室に預けるはずだし、その方が事が簡単に片付くはずだ。守衛が席を外さなくても、うっかり間違えたように見せかけて持ち去ることもできるだろうし、守衛が席を外した隙にすばやく奪うこともできるはずだから。配達員が自分で持っていくとなると厄介だ。

それなのに隣の女は、家から一歩も出ていない。

郵便局の車が姿を見せたのは午後四時半過ぎで、彼が張り込みを始めて八時間経った頃だった。郵便局の車が目に入るなり、心臓がバクバクした。彼は守衛室を確認した。ずっと座っていた守衛の姿が見えない。彼は帽子を目深にかぶり、マスクをして車を降りた。

〇二五

郵便局の車は彼が住む棟の前に止まり、配達員が運転席から降りた。程よく引き締まった体つきで機敏な印象。配達員は軽快な身のこなしで車の後ろ側に回ると、荷台から箱を取り出した。彼が送った箱だ。猫の死骸が入っている箱。

配達員はわき目もふらずマンションの入口に向かった。彼は足音を殺して後をつけた。手が湿ってきた。なんとしても配達員を止めなければならなかった。

配達員はエレベーターの前に立っていた。エレベーターはいつものように十五階に止まっている。配達員はためらうことなく非常階段を上り始めた。彼もついていく。

配達員はすばやく階段を上っていった。彼は遅れないように歯を食いしばった。配達員を逃したらおしまいだ。彼は虎視眈々と機会を窺いながら、配達員の後にぴったりとついていった。

彼に機会が訪れたのは六階の踊り場だった。携帯電話が鳴り、配達員はそれまでの勢いが嘘のように立ち止まって、箱を下に置いた。配達員がジャンパーのポケットから携帯電話を取り出した瞬間、彼はすぐさま箱を掴んで六階の廊下に向かって力いっぱい走った。

おい！　止まれ！

〇二六

背中越しに怒鳴り声が聞こえてきた。彼は反対側の非常階段に向かって走った。エレベーターは一階に降りている。彼は死力を尽くして階段を下り始めた。

配達員が彼に追いついて捕まえるまでに、それほど時間はかからなかった。彼が遅いわけではなく、配達員があまりにも速かったのだ。五階と四階の間で配達員が彼の首根っこを捕まえた。その勢いに彼の体がくるっと向きを変えた。

よせ。

配達員は箱を取り返そうとし、彼は必死に抵抗した。箱が破れてしまいそうだった。彼はその手に力を込めて、箱を左右にゆすった。配達員の上半身も激しく揺れた。配達員が手を離したせいで、箱が宙に舞った。壁にぶつかった箱は、階段から転がり落ちていった。配達員は階段の手すりに寄りかかり体を乗り出して下を覗き込んだ。彼も箱の行方を目で追った。箱は四階の廊下の入口まで転がっていった。

貴様、自分が何をしてるかわかってるのか！

配達員が彼の胸倉を掴んで叫んだ。彼を押さえつけている配達員の剣幕は凄まじい。彼の上半身が

息ができなかった。

〇二七

階段の手すりを越えてのけぞる。とりあえず、息ができるようにしなければ。彼は配達員の腰のあたりを掴んで引っ張った。配達員の体はぐらりと傾きながら、彼の足にひっかかってしまった。配達員は重心を失って倒れ込み、階段を転げ落ちて踊り場の壁に突っ込んでいった。配達員は悲鳴さえあげられなかった。悲鳴をあげたのは彼の方だった。

配達員はピクリとも動かなかった。首が折れたみたいだ。まさか。彼は恐怖に襲われ、無意識に自分の首を撫でた。配達員はまったく動かない。死んでしまったようだ。彼はぶるぶる震えた。頭の中は真っ白になり、目の前は真っ暗になった。世界が崩れていく気分だ。だが、実際に崩れてしまったのは彼の意識だった。

気づいた時には、家に帰っていた。彼は自分に訪れた不幸が信じられなかった。いったい、何が起こったのか、理解することもできない。心臓が今でもバクバクしている。心臓は何が起きたのかすべてを知っていた。まるでブラックボックス。彼は心臓を取り出して、少し前の出来事を再生してみたい衝動にかられた。なぜ、配達員の後をつけたんだっけ？そう考えて、ようやく猫の死骸が入った箱を思い出した。

○二八

彼は何かに取り憑かれたように外に飛び出した。宅配の箱を始末しなければならない。猫の死骸さえ始末すれば、すべてがうまくいくように思えた。宅配の箱が転がり落ちた場所に行った。箱はなかった。彼は出口の上に記された階数を確認した。間違いなくこの場所だ。誰が持っていったのだろう。少し前の出来事は幻だったのだろうか。過敏になった神経が紡ぎ出した悪夢だったのか。すぐ上の踊り場に倒れている配達員を見るや、彼の希望は打ち砕かれてしまった。

　家に戻った彼は、まず、通報するかどうか迷った。配達員が死んでしまったとは断定できない。病院に早く搬送されれば、命拾いするかもしれない。すでに死んでいるとしたら。藪蛇じゃないか。悩んでいると、サイレンの音が聞こえてきた。彼は窓から外を見下ろした。救急車ではなく警察車両だった。配達員が死んだのは明らかだ。

　すると彼は自首すべきかどうか悩み始めた。自首すれば、どれくらい減刑されるだろう。

　彼は過失致死の量刑をインターネットで検索してみた。二年以下の禁固、または七百万ウォン以下の罰金。人の命の対価は意外と安かった。五か月後に満期になる積立貯金を取り崩せば、四百万ウォンは準備できる。乗っている車は古いけれど、二百万

〇二九

ウォンくらいにはなるだろう。彼は中古車販売サイトで相場を調べた。車種、年式、走行距離を入力すると、百二十万ウォンという結果が出た。

足元見やがって！

彼はテーブルを拳で叩きながら叫んだ。

警察が彼を訪ねてきたのは、翌日の夕方だった。彼が呼んだわけではない。依然として、彼は自首すべきかどうか思いあぐねていたのだ。二年の禁固や、七百万ウォンの罰金は怖くない。情けない奴め、という父親の叱責が怖かった。配達員の顔はよく覚えていないが、掴みあった時に叫んだ言葉は耳に残っている。貴様、自分が何をしてるかわかってるのか？　父親の言葉は正しかった。彼は情けない奴だった。

ドアの外に立っている人が警察だと名乗ると、彼の手は湿ってきた。来るべきものが来た。それも思っていたより早く。ただちに自首しなければならない。彼は自暴自棄になってドアを開けた。遅くなってしまったが、今からでもすべてを白状しなければならなかった。

猫を殺しましたか？

警察官が玄関に突っ立ったままで尋ねた。

はい？

隣の猫を殺しましたか？

いいえ。

猫の鳴き声のことで、隣に抗議したことがありますよね？

はい。

本当に殺してないんですか？

はい。

警察官は彼の顔をじっと見つめた。警察官の眼は嘘発見器のようだ。彼はその眼を避けることができなかった。警察官は捜査することになった経緯を説明しながら、周囲を見回した。

たくさん汗をかかれるみたいですけど。

警察官は含みのある口調で尋ねた。

はい？

私たちもそれを愛用しているもので。

〇三一

警察官がシューズボックスの上に置いてあるスプレーを顎で指しながら言った。制汗用スプレー。過って持ってきてしまった宅配の箱に入っていた物。

僕、汗っかきなんです。

彼が頭を掻きながら言った。

警察官は、協力に感謝するという挨拶をして帰っていった。ドアを閉めると、彼は安堵のため息をついた。猫の件に関して、彼は潔白だった。けれども、喜んでばかりはいられなかった。猫の死骸が隣の女の手に渡ってしまったのだ。彼にはさらに別の心配事が生まれた。猫の死骸の入った箱を送ったことがバレるかもしれない。猫を殺さなかったということを明らかにするには、箱をこっそり持ち帰ったという事実を告白しなければならない。これまで宅配の箱を盗んでいたことまで暴かれるかもしれなかった。

彼はインターネットで窃盗罪の量刑を調べた。単純な窃盗罪は、六年以下の懲役もしくは一千万ウォン以下の罰金だった。過失致死より罰が重い。そのうえ、彼は常習犯だ。彼はマンションの敷地内の地図を広げた。×印は全部で九つ。情状酌量の余地はない。彼は猫を殺した罪まで疑われるかもしれない。彼はペット殺しの量刑も検索して

○三二

みた。動物保護法違反として五百万ウォン以下の罰物損壊罪による三年以下の懲役か、七百万ウォン以下の罰金刑を受けなくてはならない。三つの罪についての罰をすべて合わせると、人生は終わったも同然だ。自首するとしたら？　どっちみち情けない人生になるのは明らかだ。彼は舌を噛んでしまいたい心境だった。

ニュースを検索していた彼は、配達員に関する記事を探し出した。昨日の午後、ソウルの某マンションの階段で郵便配達員が倒れているのが発見され、病院に搬送されたが、配達員はいまだに意識不明だ。警察は過労が原因で足を踏み外したことによる事故だとみていた。配達員が命を取り留めていたことに、彼は胸をなでおろした。

その日の夜、隣からは何の物音もしなかった。次の日も、その次の日も、隣は物音ひとつせず静かだった。明け方五時になれば間違いなく聞こえていた靴音も聞こえなかった。一日も欠かさず、ドアの前に出ていた出前の空の容器も見えなかった。配達員は依然として昏睡状態だった。

彼はインターホンで守衛室に電話をした。

七〇九号です。

どうなさったんですか？

隣が静かなもので。

それで？

隣がとても静かなんです。

それが何か問題ですか？

いいえ。

彼は受話器を置いた。

外でドスンという音がしたのは、受話器を取り上げ、隣の部屋番号を押そうかどうか迷っている時だった。彼は受話器を戻し、ベランダに出て下を見た。花壇に誰かがうつ伏せに倒れていた。ピンクのトレーニングウェアにすらりとした体つき。隣の女だった。一人二人と女の周囲に人が集まってきた。守衛の姿も見える。守衛が上の階を見上げた。他の人たちも見上げている。彼は慌てて体を隠した。

しばらくして、彼は再びベランダから下を見た。人々は依然として、女を取り囲み騒然としていた。どこかに電話をかけている人もいる。上を見ている人はいなかった。彼は女の横顔をゆっくり見下ろした。隣の女の顔を見るのは初めてだった。彼の手が

〇三四

じっとりとしてきた。ソファも、テーブルも、ベッドも、チェストも、靴も、パソコンも、皿も、蛍光灯もじっとりしてきた。彼は制汗スプレーを掌に吹きつけた。ソファにも、テーブルにも、ベッドにも、チェストにも、靴にも、パソコンにも、皿にも、蛍光灯にも吹きつけた。ラベンダーの香りが立ち込めた。一〇九号の腋の下から匂うべき香りだった。

訳者解説

　著者のキム・ギョンウク（金勁旭）は一九七一年に光州で生まれた。ソウル大学英文科、同大学院国語国文科博士課程を修了している。青春の荒んだ内面を繊細に描いた「アウトサイダー」で一九九三年に作家世界新人賞を受賞し、文壇に登場した。現在は国立韓国芸術総合学校演劇院で小説や脚本などの文芸創作専攻の教授を務め、若い世代の指導に当たっている。これまでに多くの作品を世に送り出し、韓国日報文学賞、現代文学賞、東仁文学賞、李箱文学賞など多くの賞を受賞している。

　本作「スプレー」は、二〇一一年にウェブマガジンで発表された。著者の作品ではこれが初めての邦訳である。

　主人公の「彼」は有名デパートの婦人靴売場のマネージャーだ。「彼」は自分自身を堅実な市民だと思っている。「彼」が悩まされているのは、隣の部屋の女

性が飼っている猫の鳴き声。女性が外出している夜の間、猫がずっと鳴いているため、「彼」は睡眠不足に悩まされているという訳だ。睡眠不足によって集中力が散漫になり、ついにある日、守衛室の前に置かれているたくさんの宅配便の箱の中から、うっかりよその家の宅配を持ち帰ってしまう。そこから彼の人生が狂いだす。

宅配便の箱が守衛室の前に積まれていることについて、疑問に思われる方もいるのではないだろうか。韓国でも一般の宅配業者は配送先に届けてサインをもらわなければならない。不在の場合、現在はアプリなどで再配達や配達の日時指定が可能のようだが、二〇一一年に発表された本作では、玄関前に置いて行くか、守衛室などがあればそこで預かってもらうことになっている。

「彼」は隣人の顔も知らない。だがその隣人のせいで騒音に悩まされて不眠になったり、職場でもストレスを受け、不安や怒りを感じながら緊張感をもって生きている。そんなどこにでもいそうな都会人の姿を浮き彫りにしながらも、ミス

〇三八

テリーの要素も大いに含まれている。

評論家ペク・ジウンは本作が収録されている短編集『少年は年をとらない』の解説で、本作は最初から最後まで「彼」の視点で事件の状況が知らされていくが、読み終わったときに「彼」の言葉を信じてはいけなかったような気がする、と述べている。それは、彼自身も自分が何をしているのかわかっていなかったからに違いない。作中の「おまえ、自分が何をしているのかわかっているのか」という父親の言葉が、どこからか聞こえてくるようだ。ボタンは一つ掛け違えると最後まで掛け違ったままで、ついには「彼」も想像すらしなかった結末を迎える。

二〇一四年に出版された短編集『少年は年をとらない』には、「スプレー」を含む九編が収録されている。表題作「少年は年をとらない」に登場する少年は、実は少年ではない。訳あって少年を"続けている"のだ。九編には多くの"少年たち"が登場するが、心情や感情などの直接的な表現をせず、その"少年たち"の行動と物語の構成のみによって、彼らがなぜ少年のままでいなければならないのかを浮かび上がらせている。これこそがキム・ギョンウクの作風であり、彼の

創作の原則だ。

彼は『少年は年をとらない』の巻末で読者に向かって、「一編の小説を書き上げた瞬間に小説の書き方を忘れてしまい、作家志望の人に戻ってしまう。そして、また書き始める。だからこの短編集は十三冊目の最初の本だ」と告白する。「文人に会う」というブログのインタビューでどんな作家になりたいのかと問われ、「最後の作品が代表作になる作家」と答えるキム・ギョンウク。彼はいつも新しく、進化していく作家だ。

彼の作品には、誰もが知っている香港の映画スターの死を扱い大衆文化を取り入れた『張国栄（レスリー・チャン）が死んだって？』や、実際に起きた悲惨な事件を題材にした『犬と狼の時間』など、その時代を生きる人々の共感を呼び、クールな作風は韓国で人気がある。著者は「小説機械」と呼ばれるほど多作の作家としても知られており、その創作意欲は衰えることがないようだ。二〇二二年八月に、短編集『誰かが私について話す時』が出版された。表題作は人に話せない秘密を抱え、他人との距離をとるために引きこもっている中年男性、キム・ジュングンが主人公。表題作のほかにも「私について話す」様々な人たちを描いた八編が収録されている。ま

〇四〇

た、二〇二三年一月には季刊文芸誌『エピック』一〇号に、短編「一人だけ連れていけるのなら」を発表している。投身自殺に巻き込まれて死んでしまった主人公が、あの世に連れて行く相手を探して、離婚した妻や恩師などのところを訪ねていく物語だ。より多くの人が彼の小説を通して現代の韓国に触れられるように、翻訳作品が増えることを期待している。

李箱文学賞は毎回、大賞受賞作のほか優秀賞作品を収録した作品集を出している。著者が受賞した際の『天国の扉 二〇一六年第四〇回李箱文学賞作品集』で、後輩作家のユン・ソンヒは「キム・ギョンウクは年をとらない」と題した作家論で著者は「小説に自分の指紋を残さない作家」だと述べている。彼が自分自身を小説の題材に選ばないからだ。「だが、そんな作家が本当に存在するのか」と、ユン・ソンヒは疑問を投げかける。そして考察の末に「彼は自分の指紋を残し、その指紋を消す作家だ」と結論付けている。前述のインタビューで、自分自身を小説に描かないことについて著者は、「自分ではたくさん自分の話を書いてきたように思う。けれど、材料を十分にかき混ぜると原材料が何だったのかわからな

〇四一

くなるのと同じようなもの」だと述べている。感情表現でも、ユーモアでも、大げさなものを好まないと語る著者の作品において、はっきりと投影された著者の姿を探し出すことは難しい。けれどそれこそが、自らの感情を節制して小説を書くという著者の姿なのではないだろうか。

本作の中では父親が主人公の「彼」にトラウマを与える存在になっている。実際に著者も「彼」のように父親との関係が悪いのだろうかと勘ぐってしまうが、著者と父親との実際の関係については、李箱文学賞の受賞時に発表したエッセイ「父の膝」で語られており、決して小説のような関係ではなかったことがわかる。教職に就き一日中立ちっぱなしの父の膝を、マッサージするように踏むことが幼い頃の著者と父との唯一のスキンシップで、その役割だけは妹に譲りたくはなかったと語っているのも微笑ましい。

同じくこのエッセイでは、自身の創作スタイルについても語っている。スポーツ好きでサッカーのプレー中に膝を負傷し手術を受けた著者は、手術後、部屋に引きこもるようになり、文章も書けなくなってしまう。ところがある日、窓ガラスに映るムンクの絵のような自分の顔を発見する。それを機に松葉杖をついて外

に出るようになり、光に溢れた外の世界を観察するようになった。そしてようやく文章が書けるようになったという。また、勤務する国立韓国芸術総合学校のYouTubeチャンネルのインタビューで、「昼間だけ文章を書く。陽が暮れると文章が書けなくなる」と彼自身も語っている。

著者の作品の中には映像化された作品がある。『張国栄が死んだって?』『誰がカート・コバーンを殺したのか』や、二回の離婚を経験することになるカップルを描いた『童話のように』はドラマ化され、二〇二一年には『少年は年をとらない』に収録されている「ビッグ・ブラザー」が短編映画となっている。著者は、短編を書くことは「写真を撮る」ことと同じで、長編を書くことは「家を建てる」ことのようだと表現している。写真を撮るように小説を書いているのであれば、逆説的ではあるが、彼の作品が映像化されるのはある意味当然ではないかと思う。

文学評論家のキム・ソンゴンは著者の作品について「映像世代の映画的想像力で小説文学の新しい扉を開いた」と語っている。

また、本作「スプレー」は劇団チョインによって演劇化され上演を重ねている。この演劇はプロジェクションマッピングやオブジェを利用して舞台を構成し、漫画のような俳優たちの動きも印象的な作品だ。二〇一六年の初演以来、毎年上演され、数々の賞も受賞し好評を博しているという。この舞台について演出家は、真実から目を逸らして生きている現代人の姿を描いた、と語っている。さらに韓国国内だけではなく、二〇一九年には、毎年八月に開催されるエディンバラ・フェスティバル・フリンジでも上演しており、二〇二二年のシドニー・フリンジ、二〇二三年のダニーデン・フリンジにはオンライン・デジタル公演で参加している。なお、エディンバラ公演のハイライト映像はYouTubeでも確認できる (https://www.youtube.com/watch?v=rTLB5mmLX5w)。国内外でその作品性を認められているこの作品が、日本でもいつか上演されることを願っている。

스프레이

김경욱

그가 남의 택배 상자를 들고 온 것은 실수였다. 무심코 송장을 보았을 때는 이미 포장 테이프를 반쯤 떼어낸 뒤였다. 109호. 상자 옆면에 매직펜으로 휘갈겨진 숫자를 확인하는 그의 얼굴이 굳어졌다. 경비가 적어놓은 숫자는 709로 보이기도 했다. 새로 온 경비라 필체가 눈에 설었다. 게다가 필요한 물건을 대부분 인터넷으로 주문하는 그는 퇴근길에 빈손으로 올라오는 날이 드물었다. 납득 못 할 실수는 아니었다. 하지만 그로서는 자신의 부주의한 행동이 의아스러웠다. 문자메시지조차 퇴고해서 보내는 그였다. 평소 같으면 포장 테이프를 떼기 전에 송장부터 체크했을 것이다. 뭔가 헝클어진 기분이었다. 축축한 손을 잡고 있는 것처럼 불쾌했다.

　사실 축축해진 것은 그의 손이었다. 긴장할 때면 어김없이 나타나는 증상이었다. 첫사랑에게 차인 것도 축축해진 손 때문이 분명했다. 손을 처음 잡고 며칠 뒤 돌연 결별 통보를 받았으니 다른 이유를 찾을 수 없었다. 그 뒤로 여자의 손을 잡아본 적은 한 번도 없었다. 발이라면 셀 수도 없이 만져보았지만. 오늘만도

스물한 명의 발을 상대했다. 그는 유명 백화점 숙녀화 매장의 매니저였다. 한쪽 무릎을 꿇고 고객의 발에 구두를 신기고 앞코와 뒤꿈치를 확인하는 게 일이었다. 고객에게도 가급적 손은 멀리했다. 카드를 받거나 물건을 건넬 때 손이 닿지 않도록 주의했다. 어쩌다 스치기만 해도 그는 불에 덴 듯 화들짝 놀랐다. 손은 앞발일 뿐이라고 주문을 걸어도 별 효과가 없었다.

그는 손을 바지에 문지르며 뭐가 잘못됐는지 따져보기 시작했다. 손이 축축해진 것은 남의 집 택배를 들고 왔기 때문이고 남의 집 택배를 들고 온 것은 집중력이 떨어졌기 때문이고 집중력이 떨어진 것은 피로감 때문이고 피로감은 밤잠을 설쳤기 때문이고 밤잠을 설친 것은 옆집 고양이의 울음소리 때문이었다.

실수의 원인이 밝혀지자 마음이 한결 가벼워졌다. 같은 실수를 되풀이할 확률이 크게 줄었기 때문이다. 축축한 손에 관해서도 마찬가지였다. 그는 여자의 손을 멀리함으로써 같은 실수를 반복하지 않을 수 있었다. 첫사랑에게 차인 이유를 찾아내지 못했다면 불가능한 일이었다. 사랑을 얻는 것보다 실수를 피하는 게 더 중요했다. 그가 실수를 저지르면 아버지는 버럭 소리부터 질렀다. 넌 대체 뭐 하는 놈이냐? 그는 꿀 먹은 벙어리가 되곤 했다. 그러면 아버지는 혀를 차며 중얼거렸다. 축축한 놈.

그는 반쯤 떼어낸 테이프 위에 새로 테이프를 붙였다. 어설퍼 보였지만 어쩔 수 없었다. 뜯어본 것을 눈치채더라도 누군지는 짐작도 못 할 것이었다. 본래 자리에 돌려놓기만 하면 그만이었다. 그는 상자를 들고 서둘러 집을 나섰다.

경비실에 앉아 있는 경비를 본 순간 그는 멈칫했다. 택배 상자들은 경비실 맞은편 벽에 차곡차곡 쌓여 있었다. 경비의 눈을 피해 상자를 갖다 놓을 방법은 없었다. 잘못 집어 갔다는 구구한 변명은 불가피했다. 남의 택배나 뜯어보는 사람 취급받기는 싫었다. 번거롭겠지만 경비가 없는 틈에 갖다 놓는 게 낫겠다 싶었다. 그는 발길을 돌렸다.

다음 날 퇴근길, 아파트 입구로 들어서던 그는 경비를 다그치는 한 중년 여자의 모습에 흠칫했다. 그는 택배 상자들을 살피는 척하면서 여자의 말에 귀를 기울였다.

상자에 발이라도 달렸단 말인가요?

109호가 분명했다.

귀중품이라도 들어 있습니까?

경비가 기어드는 목소리로 물었다.

사소한 거라면 이렇게 흥분하겠어요? 이래서 CCTV를 설치하

자고 했던 건데 몇 푼이나 된다고 그걸 반대해. 절이 싫으면 중이 떠나야지, 거지 같은 아파트.

경비는 입을 꾹 다문 채 모자챙만 만지작거렸다.

그는 709호라고 적힌 상자를 집어 들고 잰걸음으로 엘리베이터로 향했다. 뒤통수가 따가웠다. 109호의 택배를 돌려놓을 수 없게 되었다. 실수를 만회할 기회가 영영 날아가버린 것이다. 모두 그놈의 고양이 때문이었다. 엘리베이터의 닫힘 버튼을 누르는 그의 손이 축축해졌다.

그는 옆집 문 앞에 놓인 검은 비닐봉지를 걷어찼다. 플라스틱 그릇들이 비어져 나오는가 싶더니 먹다 남은 짜장면 가닥과 단무지가 바닥에 쏟아졌다. 그는 뒤를 돌아보았다. 복도는 텅 비어 있었다.

문을 열다 말고 그는 바닥에 쏟아진 음식 찌꺼기를 바라보았다. 한숨이 나왔다. 그는 주방에서 일회용 비닐장갑을 챙겨 다시 밖으로 나갔다. 비닐장갑을 낀 손으로 음식 찌꺼기를 그릇에 담고 항균 물티슈로 바닥을 박박 닦았다. 비닐봉지를 걷어찼다는 사실을 아는 사람은 이 세상에 그뿐이었다. 그 사실이 조금은 위안이 되었다.

돌려줄 수 없게 된 택배 상자를 한참 노려보다 그는 포장 테

이프를 거칠게 뜯었다. 상자의 종이가 테이프에 딸려 북 찢어질 때는 짜릿한 쾌감에 몸을 떨었다. 전에 느껴본 적 없는 뜻밖의 쾌감에 그는 당황했다.

첫사랑과의 술자리가 문득 떠올랐다. 첫사랑의 손을 처음 잡던 날이었다. 꽤 마셨을 것이다. 자리에서 일어설 때 여자애가 말했다. 이 컵 예쁘다. 갖고 싶어. 그가 보기에는 평범한 유리컵에 불과했지만 세상에서 가장 귀하고 아름다운 컵이라도 되는 양 호들갑이었다. 취기 때문이었을까. 그는 컵을 점퍼 주머니에 슬쩍 집어넣었다. 가슴이 벌렁거렸다. 뭔가를 저지른 것처럼 흥분됐고 들통 날까 봐 겁도 났다. 카운터에 컵을 올려놓은 뒤 그는 목소리를 낮춰 종업원에게 물었다. 이 컵, 얼마 드리면 됩니까?

그는 택배 상자를 열었다. 화장 솜부터 매니큐어까지, 잡다한 미용용품들이 가득 들어 있었다. 쓸 만한 것은 땀냄새 제거용 스프레이뿐이었다. 겨드랑이에 뿌리는 스프레이. 그는 스프레이를 허공에 뿌려보았다. 라벤더향이 났다. 스프레이만 빼고 모두 쓰레기통에 버렸다.

그가 또다시 남의 집 택배를 들고 온 것은 실수가 아니었다.

다른 사람의 택배 상자를 뜯을 때의 쾌감을 잊을 수 없었다. 이번에는 옆 동에서 가져왔다. 경비가 자리를 비운 틈을 노렸고 들고 오기 편하게 작은 상자를 택했다.

그는 엘리베이터를 기다리며 내용물을 상상했다. 상상은 오래 가지 못했다. 바지 자락이 축축하다 싶더니 지린내가 진동했다. 돌아보니 고양이가 한 마리 있었다. 옆집 고양이였다. 언젠가 옆집 여자가 안고 가는 걸 봤다. 평범하기 그지없는 얼룩 고양이였지만 자신을 바라보던 거만한 표정은 잊을 수 없었다. 더 잊을 수 없는 것은 여자의 뒤태였다. 스커트 아래로 쭉 뻗은 다리가 인상적이었다. 그의 손이 축축해졌다. 지린내도 지린내거니와 내내 뒤척였던 간밤의 기억이 새삼스러웠다. 고양이는 잠잠해지나 싶다가도 다시 울어댔다. 당최 눈을 붙일 수 없었다. 여자의 구두 소리가 들려온 것은 언제나처럼 새벽 5시쯤이었다. 그는 밤을 꼴딱 새운 것이다. 여자는 늘 그 시간에 퇴근했고 그는 같은 시간에 눈을 떴다. 여자의 구두 소리가 달갑지 않은 그였다. 그 소리만 아니면 한두 시간은 더 잘 수 있을 테니까. 귀가 남달리 예민한 것은 아닌데 이상하게도 옆집 여자의 구두 소리만 들리면 눈이 번쩍 뜨였다. 좋든 싫든 그는 여자의 샤워 소리를 들으며 똥을 누고, 여자가 컨 라디오 소리를 들으며 넥타이를 매고,

여자가 고양이를 어르는 소리를 들으며 집을 나서야 했다.

평소처럼 여자의 샤워 소리를 들으며 변기 위에 앉아 있었지만 그는 똥을 누지 못했다. 잠을 설친 탓이었다. 하루가 엉망이 될 조짐이었다. 습관적으로 물을 내리는데 울컥 부아가 치밀었다. 화장실에서 나오자마자 인터폰 수화기를 집어 들고 옆집 번호를 눌렀다. 지루하게 울리는 신호음을 들으며 그는 마른침을 삼켰다. 옆집 여자와의 통화는 처음이었다.

여보세요?

옆집입니다.

무슨 일이세요?

여자의 목소리에는 경계심이 징처럼 박혀 있었다.

고양이 울음 때문에 한숨도 못 잤습니다.

그는 정중히 말했다.

어머, 정말로요?

정말입니다.

이상하다. 우리 애기는 안 우는데.

분명히 울었습니다. 게다가 이번이 처음은 아닙니다.

잠시 침묵이 흐른 뒤 옆집 여자가 물었다.

몇 호시죠?

그는 움찔했다. 손이 축축해졌다.

709호입니다.

손바닥을 바지에 문지르며 그가 대답했다.

다른 집에서는 아무 말 없었는데.

밤새 한숨도 못 잤단 말입니다.

그의 목소리가 높아졌다.

아홉 켤레나 신어보고 그냥 돌아선 고객에게도 깍듯이 인사하는 그였다. 적막한 집 안에 울려 퍼지는 자신의 날 선 목소리가 낯설었다.

알겠어요.

그게 다였다. 미안하다거나, 조심하겠다는 말은 없었다. 딸각, 전화가 끊겼다. 수화기를 맥없이 내려놓으며 그는 나지막하게 중얼거렸다. 알겠어요. 손은 차갑게 식어 있었다.

그는 고양이를 노려보았다. 야옹. 고양이가 꼬리를 살랑거리더니 휴대폰으로 통화 중인 젊은 여자의 발을 핥았다. 옆집 여자였다. 고양이가 저지른 짓을 항의하려던 그는 여자가 자신을 바라보는 순간 황급히 고개를 돌렸다. 그는 손바닥을 바지에 문지르며 곁눈질로 여자를 살폈다. 오늘은 일을 나가지 않은 건가? 여자는 분홍색 트레이닝복 차림이었다. 엉덩이에는 분홍을 뜻

하는 영어 철자가 프린트되어 있었다. 그가 딱 싫어하는 스타일이었다. 말 엉덩이에 찍힌 낙인이 떠올랐다. 뭐랄까, 저속했다.

옆집 여자는 통화하면서 엘리베이터에 올라탔다. 그는 여자의 뒤를 따랐다. 옆집 여자는 엘리베이터에 부착된 거울을 보느라 등을 보인 채 서 있었다. 고양이가 엘리베이터 구석을 향해 돌아서는가 싶더니 털을 곤두세우고 꼬리를 바짝 치켜든 채 분비물을 찍 발사했다.

엘리베이터 문이 열리자 고양이가 먼저 내렸다. 그는 맨 나중에 내렸다. 여자는 여태 통화 중이었다. 그는 옆집 여자의 뒤태를 감상하며 천천히 걸었다. 고양이가 복도 한쪽에 세워진 자전거 바퀴에 대고 다시 분비물을 발사했다. 그는 자신의 바지 자락에 묻은 얼룩을 새삼 내려다보며 눈살을 찌푸렸다.

집에 들어온 그는 바지부터 빨았다. 세제를 듬뿍 풀었지만 지린내는 좀체 가시지 않았다. 그는 바지를 건조대에 널고 얼룩이 졌던 자리에 땀냄새 제거용 스프레이를 잔뜩 뿌렸다. 고양이의 분비물이 몸에 묻기라도 한 듯 꼼꼼하게 샤워도 했다.

옆 동에서 집어 온 택배 상자를 앞에 두고서야 그의 표정이 누그러졌다. 테이프를 뜯을 때는 어김없이 강렬한 쾌감을 맛보았다. 숨통을 조이던 넥타이를 풀어 던진 것 같은 해방감이었

다. 상자에 담긴 것은 플라스틱으로 만든 강아지 모양의 장난감이었다. 태엽도 달려 있었다. 태엽을 감아주자 멍멍 짖으며 앞으로 걸어가다 꼬리를 풍차처럼 돌리며 옆으로 굴렀다. 태엽이 다 풀렸을 때 강아지는 배를 드러낸 채 누워 있었다.

그가 강아지를 집어 들고 쓰레기통 쪽으로 걸어가는데 초인종 소리가 들렸다. 옆집 초인종이었다. 그는 출입문에 바짝 붙어 귀를 기울였다. 나야. 사내의 굵은 목소리. 자물쇠가 풀리는 소리와 문을 여닫는 소리가 차례로 들렸다.

그는 문을 열고 밖으로 나갔다. 밖은 이제 어둑어둑해졌다. 그는 복도 난간에 기대어 아래를 내려다보다가 강아지의 태엽을 감아 난간 턱에 올려놓았다. 강아지는 멍멍 짖으며 앞으로 걸어갔다. 난간 끝을 향해. 그가 손을 뻗었지만 강아지는 난간 너머로 떨어지고 말았다. 강아지의 꼬리가 허공에서도 풍차처럼 돌아갔다. 강아지가 박살나는 소리가 짜릿했다. 그는 주위를 둘러보았다. 복도에도 아래에도 인적은 없었다.

옆집 현관문 열리는 소리가 들린 것은 한 시간쯤 뒤였다. 그는 옆집 문이 닫히는 소리를 확인하고 슬그머니 밖을 내다보았다. 저만치 걸어가고 있는 사내는 트레이닝복 차림이었다. 그날 밤에는 고양이 울음소리가 들리지 않았다.

그가 또다시 남의 택배 상자를 들고 온 것은 역시 실수가 아니었다. 그는 실수를 되풀이하는 사람이 아니었다. 다음도, 그다음도 마찬가지였다. 동을 바꿔가며 택배 상자를 집어 왔다. 한번 들른 곳에는 다시 가지 않았다. 깜박할까 봐 아파트 단지 지도에 표시까지 했다.

그에게 택배의 내용물은 관심거리가 아니었다. 중요한 것은 남의 택배 상자를 거칠게 뜯을 때 느끼는 해방감이었다. 그러나 옆집 택배 상자를 들고 온 것은 해방감을 위해서가 아니라 호기심 때문이었다.

백화점 정기 세일 첫날이었다. 허리를 펼 새가 없을 정도로 손님이 밀어닥쳤다. 퇴근길에는 어서 씻고 침대에 누울 생각뿐이었지만 택배 상자들을 그냥 지나치지는 못했다. 상자에 휘갈겨진 숫자를 일별하던 그의 눈이 커졌다. 그는 숫자를 재차 확인했다. 108호가 아니라 708호가 분명했다. 옆집의 택배 상자를 보기는 처음이었다. 정확히 말하자면 그가 남의 집 택배를 집어 오게 된 이후로 처음이었다.

경비는 졸고 있었다. 그는 옆집의 택배 상자를 집어 들었다. 호기심도 호기심이었지만 분노 때문이기도 했다. 고양이 울음소

리 때문에 잠을 설치는 밤이 잦아졌다. 고양이는 여자가 없을 때만 울어댔다. 여자가 집에 돌아오면 언제 그랬냐는 듯 잠잠해졌다. 그래서인지 그의 항의는 번번이 묵살되었다. 여자는 언성을 높이기도 했다. 적반하장이 따로 없었다. 여자는 부쩍 신경이 날카로워진 듯했다. 주말 저녁에 잠깐 다녀가는 사내와도 자주 다투는 눈치였다. 신경이 예민해져서 사내와 다투는 것인지 사내와 다퉈서 신경이 예민해진 것인지 알 수 없었다. 그가 확실히 말할 수 있는 것은 사내의 옷차림이었다. 사내는 언제나 트레이닝복 차림이었다. 사내의 뒷모습이 복도 저쪽 비상계단 통로로 사라지는 것을 지켜보는 것은 언제나 그의 몫이었다.

상자는 크지 않았지만 가볍지도 않았다. 그는 뒤도 돌아보지 않고 엘리베이터로 향했다. 엘리베이터는 15층에 서 있었다. 늘 그랬다. 망할 놈의 엘리베이터. 모두 꼭대기 층에만 몰려 사는 것 같았다. 그는 비상계단을 성큼성큼 올라가기 시작했다. 온몸의 근육이 팽팽해지는 느낌이었다. 간만에 느끼는 활력이었다.

현관문을 닫았을 때 그는 땀에 푹 절어 있었다. 긴장이 풀리면서 나른한 피로감이 밀려왔다. 그는 더운물을 채운 욕조에 몸을 담근 채 상자의 내용물을 상상했다. 부피에 비해 묵직한 걸 보니 책인가? 어떤 책일까? 상상의 톱니바퀴는 매끄럽게 돌아가

지 못했다. 그는 상상에 서툴렀다. 분석이라면 누구에게도 밀리지 않을 자신이 있었지만.

욕조에서 나온 뒤에도 그는 택배 상자를 뜯어보지 않았다. 라면을 끓여먹고 차까지 마셨다. 맛난 음식을 아껴 먹으려는 것처럼 결정적인 순간을 최대한 늦췄다. 아버지는 입버릇처럼 말했다. 세상에는 두 부류의 인간이 있다. 가장 맛있는 것을 먼저 해치우는 인간과 맨 나중에 먹는 인간. 너는 가장 맛있는 것부터 해치우는 인간이 되어야 한다. 한계효용이 가장 클 때 가장 맛난 걸 먹어야 해. 맛있는 것을 아낀답시고 맛없는 것만 꾸역꾸역 먹는 멍청이가 되면 안 돼. 아버지는 둘만 알고 셋은 몰랐다. 세상에는 두 부류의 인간과 그가 있었다. 그는 가장 맛있는 것을 입에 대는 순간을 위해 마지막까지 굶었다. 그러니까, 한계효용을 한계까지 끌어올렸다.

그는 새로 장만한 잠옷으로 갈아입은 뒤 아껴두었던 샴페인까지 한잔 걸치고서야 택배 상자를 탁자로 옮겨왔다. 택배 상자를 느긋하게 들여다보던 그의 미간이 좁아졌다. 이상했다. 송장이 붙어 있지 않았다. 뜯어낸 흔적도 없었다. 매직펜으로 호수만 크게 적혀 있었다. 상자 옆면에 적힌 것과 같은 필체였다. 그는 어제 배달된 자신의 택배 상자를 가져와 대조해 보았다. 필

체가 달랐다. 경비의 필체가 아니었다. 불길한 기운이 명치끝에서부터 심장 쪽으로 빠르게 치고 올라왔다. 시한폭탄이라도 앞에둔 것처럼 그는 진땀을 흘렸다. 아무래도 찜찜했다.

본능은 어서 빨리 그 수상쩍은 물건을 돌려놓으라고 경고했지만 그는 자신도 모르게 테이프를 뜯어내고 있었다. 상자에는 검은 비닐봉지가 담겨 있었다. 비닐봉지 주둥이는 나일론 끈으로 묶인 채였다.

그는 끈을 풀었다. 비닐봉지를 들여다보던 그의 얼굴이 일그러졌다. 봉지에 담긴 것은 고양이였다. 옆집 고양이. 정확히 말하자면 옆집 고양이의 시체. 그의 손이 축축해졌다. 고양이는 입꼬리가 치켜 올라간 게 웃고 있는 것처럼 보였다.

그의 머릿속이 분주해졌다. 대체 누구 짓일까? 죽은 고양이를 보낸 이유가 뭘까? 그는 몸을 부르르 떨었다. 죽은 고양이를 주인에게 돌려주려는 행동에 담긴 어두운 의도 때문이었다. 옆집 여자에게 타격을 주려는 의도 말이다. 그것은 그가 이 상자를 발견했을 때 품었던 생각과 다르지 않았다.

그는 상자를 덮고 테이프를 새로 붙였다. 실수로 109호의 택배 상자를 들고 왔을 때처럼. 돌려놓고 오면 그만이라고 생각하니 기분이 나아졌다. 당연히 그날 밤에는 고양이 울음소리가 들

리지 않았다. 간만에 그는 푹 잘 수 있었다.

　다음 날 아침, 그는 문제의 상자를 쇼핑백에 담았다. 상자에
는 옆집 호수가 너무 크게 적혀 있었다. 괜히 이목을 끌 필요는
없었다. 그는 식탁 위에 있던 적십자회비 고지서도 챙겼다. 오늘
이 마감일이었다. 그는 적십자회비를 한 번도 빠뜨린 적이 없었
다. 누가 뭐래도 그는 건실한 시민이었다.
　엘리베이터에서 내린 순간 그의 눈이 가늘어졌다. 경비실에
경비가 버티고 앉아 있는 게 아닌가. 낭패였다. 내용물이 내용
물인지라 상자를 갖고 있는 것조차 들키면 안 되었다. 경비실을
지나치는 순간, 쇼핑백을 든 그의 손에 잔뜩 힘이 들어갔다.
　제자리에 갖다 놓지 못한 상자가 눈에 밟혀 그는 일이 손에
잡히지 않았다. 물품 창고에 감춰뒀지만 마음이 놓이지 않았다.
창고에서 고양이 울음소리가 들려올 것만 같았다. 퇴근 때까지
버텨야 한다는 사실이 더 견디기 힘들었다. 퇴근길에 몰래 돌려
놓을 수 있을지 장담할 수 없기도 했다.
　그는 배가 아픈 척했다. 잠시 병원에 다녀오겠다며 자리를 떴
다. 쇼핑백은 그새 더 묵직해진 듯했고 불쾌한 냄새도 나는 듯
했다.

그는 차를 몰고 우체국에 갔다. 가까운 편의점에서 일반 택배로 발송할 수도 있었지만 그는 확실한 배달을 원했다. 우체국 택배가 가장 믿음직스러웠다.

그는 송장의 수신자 란에 옆집 주소를 적어 넣고 옆집 여자의 이름도 적었다. 옆집 여자의 이름을 거침없이 적는 자신이 놀라웠다. 그는 정신을 집중하고 기억을 더듬었다. 언젠가 자신의 우편함에 잘못 꽂힌 우편물에서 보았던 사실이 떠올랐다. 발신자 란에는 가짜 주소와 가공의 이름을 적었다. 애당초 그는 이 물건과 무관한 사람이었다. 그의 호기심 때문에 배달이 잠시 늦춰진 것뿐.

상자에 담긴 게 뭡니까?

그가 상자를 전자저울에 올려놓자 우체국 직원이 물었다. 예상치 못한 질문이었다.

고양이입니다.

얼결에 나온 말이었다. 아차, 싶었지만 주워 담을 수는 없었다. 그는 손바닥을 바지에 문질렀다.

설마 검은 고양이는 아니겠죠?

우체국 직원이 피식 웃으며 말했다.

네.

그가 미소를 쥐어짜내며 대꾸했다.

월요일에나 배달될 겁니다.

알겠습니다.

그가 힘겹게 중얼거렸다.

신경쇠약으로 요절한 미국 작가에게 감사하며 그는 우체국을 나섰다. 적십자회비를 납부하는 것도 잊지 않았다.

이제 그의 단잠을 방해할 것은 없었다. 고양이를 해치운 장본인이 궁금했지만 중요한 것은 고양이가 더는 울지 못한다는 사실이었다. 울지 못하는 고양이. 그걸로 족했다. 고양이가 울지 않으면 잠을 푹 잘 것이고 잠을 푹 자면 집중력이 떨어지는 일도 없을 것이고 집중력이 떨어지지 않으면 남의 택배를 들고 오는 실수 따위도 안녕이다. 남의 집 택배 상자에 생각이 미치자 그의 입가에 희미하게 걸려 있던 미소가 사라졌다. 더는 남의 택배 상자를 집어 올 수 없다니 슬퍼졌다.

그는 수면양말을 신고 가습기를 켠 뒤 침대에 누웠다. 옆집 여자의 구두 소리에 눈을 뜰 때까지 한 번도 잠에서 깨지 않았다. 구두 소리가 반가울 지경이었다.

다시 그를 찾아온 밤의 평화는 하루 만에 등을 돌리고 말았

다. 이튿날이 정기 휴일이라 홀가분한 마음으로 눈을 붙였지만 도중에 깨고 말았다. 옆집의 소란 때문이었다. 격렬하게 다투는 소리가 벽을 날카롭게 두드려댔다. 악다구니를 쓰는 쪽은 여자였다. 사기꾼, 배신, 단물. 이런 말들이 유리처럼 부서졌다. 실제로 뭔가가 부서지기도 했다. 사내의 목소리도 들려왔다. 트레이닝복일 터였다. 트레이닝복의 입에서 터져 나온 소리는 한결같았다. 씨팔. 가끔은 아이, 씨팔이라고도 했다. 다툼은 잦아드는가 싶더니 다시 거칠어졌다. 고양이 울음보다 더 시끄럽고 거슬렸다. 트레이닝복이 문을 쾅 닫고 나간 뒤에야 잠잠해졌다.

그는 머리맡의 스탠드를 켜고 자명종을 확인했다. 새벽 2시였다. 아침에 출근하지 않아도 되는 게 그나마 다행이었지만 뭔가를 도둑맞은 기분은 어쩔 수 없었다. 그는 우유를 데워 마시고 다시 잠을 청했다.

겨우 잠이 들 무렵 그는 다시 눈을 떴다. 옆집에서 우당탕, 하는 소리가 들려왔다. 여자가 세간을 닥치는 대로 집어 던지고 있었다. 그는 소리만으로도 무엇이 부서지고 깨지는지 짐작할 수 있었다. 시계가 부서지고 접시가 깨졌다. 유리컵도 깨졌다. 부서지는 소리는 견딜 수 있었지만 깨지는 소리는 참기 힘들었다. 여자는 자꾸만 깨고, 깨고, 또 깼다. 그의 손이 축축해졌다.

발도 축축해졌다.

그는 수면양말을 벗어던졌다. 발이 축축해진 것은 드문 일이었다. 여자는 세상의 모든 밤을 깨뜨릴 기세였다. 누군가는 여자를 막아야 했다. 고양이 시체가 담긴 상자를 여자 앞으로 부치길 잘했다고 생각하며 그는 침대에서 빠져나왔다. 인터폰의 수화기를 집어 드는 그의 얼굴이 잔뜩 굳어 있었다. 신호음이 한참 울린 뒤에야 여자가 수화기를 들었다.

지금이 몇 신 줄 아십니까?

그가 정중히 물었다.

여자는 아무 말이 없었다. 그는 손바닥을 파자마에 닦았다.

지금이 몇 신 줄 아시냐고요?

그가 다시 정중히 물었다.

개자식.

여자가 싸늘한 목소리로 뇌까렸다.

그는 뒤통수를 세게 얻어맞은 기분이었다. 그런 심한 욕설을 듣기는 난생처음이었다. 그가 들었던 최악의 욕은 아버지의 입에서 나왔던 축축한 놈, 이라는 비난이 고작이었다. 카운터펀치를 얻어맞은 복서처럼 숨이 멎고 다리가 후들거렸다. 그는 수화기를 꽉 움켜쥐었다.

갑자기 여자가 울음을 터뜨렸다. 감정의 둑이 무너진 듯 여자는 서럽게 흐느꼈다. 여자는 오래오래 울었다. 여자의 울음은 수화기에서도, 벽 너머에서도 들려왔다.

그는 여자가 울음을 그치고 말없이 전화를 끊은 뒤에야 수화기를 내려놓았다. 여자의 손을 잡기라도 한 것처럼 손이 땀에 흠뻑 젖어 있었다. 분노는 옛말이 되었다. 분노가 떠난 자리에는 회한이 밀려들었다. 여자에게 못할 짓을 저지른 기분이었다. 여자 앞에 무릎 꿇고 발을 어루만지고 싶었다. 여자의 집 앞에 놓여 있던 빈 그릇을 걷어찬 게, 고양이를 미워한 게, 시끄럽다고 전화한 게 후회스러웠다. 무엇보다 고양이 시체가 담긴 상자를 부친 게 마음에 걸렸다. 복수심에 눈이 멀어 그만…… 그래도 여자가 고양이의 시체를 보는 일만은 막아야 했다. 더 이상 울지도 못하는 고양이 아닌가.

그는 아침을 먹자마자 아파트 건물 입구가 마주 보이는 자리로 차를 옮긴 뒤 운전석에 눌러앉았다. 우체국 차량이 언제 들이닥칠지 알 수 없었다. 졸음을 몰아내기 위해 보온병에 담아온 커피를 거푸 들이켰다. 점심은 역시 집에서 챙겨 온 빵과 우유로 때웠다. 잠시도 자리를 비울 수 없었다. 오줌조차 빈 생수병

에 해결했다. 잠복근무 중인 형사라도 된 기분이었다.

잠복 중인 그를 괴롭힌 것은 졸음이나 요의가 아니라 불쑥불쑥 떠오르는 자괴감이었다. 내가 대체 뭘 하고 있는 거지? 옆집 여자가 고양이 시체를 보든 말든 자신과는 상관없는 일이었다. 그는 맥이 풀리고 속이 상했다. 옆집 여자가 수고를 알아줄 리 만무하다는 점 때문이었다. 그래도 그는 자리를 뜨지 않았다. 내친걸음이었고 기왕의 수고를 헛되게 할 수는 없었다. 괜한 오기도 생겼다.

그는 옆집 여자가 집을 비우기를 바랐다. 그래야 우체부가 택배를 경비실에 맡길 것이고 그쪽이 일을 처리하기가 수월할 터였다. 경비가 자리를 비운 틈을 타 슬쩍할 수도 있을 테고 경비가 자리를 지키더라도 실수를 가장해 들고 갈 수도 있을 테니. 우체부가 직접 올라가면 골치 아플 것이었다. 그런데 옆집 여자는 집에서 꿈쩍도 하지 않았다.

우체국 차량이 나타난 것은 오후 4시 반경이었고 그가 잠복한 지 여덟 시간 만이었다. 우체국 차량이 눈에 들어오자 가슴이 세차게 방망이질했다. 그는 경비실 쪽을 확인했다. 내내 자리를 지키고 있던 경비가 보이지 않았다. 그는 모자를 눌러쓰고 마스크를 착용한 뒤 차에서 내렸다.

우체국 차량이 그의 동 앞에 멈춰 서고 우체부가 운전석에서 내렸다. 날렵하고 다부진 인상이었다. 우체부는 재빠른 동작으로 차 뒤쪽으로 돌아가 짐칸에서 상자를 꺼냈다. 그가 부친 상자였다. 고양이 시체가 담긴 상자.

　　우체부는 곧장 아파트 입구로 향했다. 그는 발소리를 죽이며 뒤를 따랐다. 손이 축축해졌다. 어떻게든 우체부를 막아야 했다.

　　우체부는 엘리베이터 앞에 서 있었다. 언제나처럼 엘리베이터는 15층에 머물러 있었다. 우체부는 주저 없이 비상계단을 오르기 시작했다. 그도 뒤를 따랐다. 우체부는 계단을 빠르게 올랐다. 그도 처지지 않기 위해 이를 악물었다. 우체부를 놓치면 끝장이었다. 그는 호시탐탐 기회를 엿보며 우체부의 뒤를 바짝 쫓았다.

　　그에게 기회가 찾아온 것은 6층 계단참에서였다. 휴대폰이 울렸고 우체부가 거짓말처럼 걸음을 멈추고 상자를 내려놓았다. 우체부가 점퍼 주머니에서 휴대폰을 꺼내든 순간 그는 상자를 냉큼 집어 들고 6층 복도로 내달렸다.

　　야! 거기 안 서?

　　등 뒤에서 고함이 들려왔다. 그는 반대쪽 비상계단을 향해 달렸다. 엘리베이터는 1층에 내려가 있었다. 그는 사력을 다해 계

단을 내려가기 시작했다.

우체부가 그를 따라잡는 데는 그리 오래 걸리지 않았다. 그가 느린 게 아니라 우체부가 너무 빨랐다. 5층과 4층 사이의 층계에서 우체부가 그의 뒷덜미를 낚아챘다. 그 서슬에 그의 몸이 빙글 돌아갔다.

내놔.

우체부가 상자를 뺏으려 하자 그는 필사적으로 저항했다. 상자가 뜯겨나갈 것 같았다. 그는 손아귀에 더욱 힘을 주고 상자를 좌우로 흔들어댔다. 우체부의 상체가 함께 요동쳤다. 우체부는 가벼웠다. 우체부가 상자를 놓치는 바람에 상자가 허공으로 날아갔다. 벽에 부딪힌 상자는 계단으로 떨어져 굴렀다. 우체부가 계단 난간을 짚고 몸을 내밀어 아래를 내려다보았다. 그도 상자의 행방을 눈으로 좇았다. 상자는 4층 복도 입구까지 굴러 내려갔다.

너, 대체 뭐 하는 놈이야?

우체부가 그의 멱살을 움켜쥐고 소리쳤다.

그는 숨이 막혔다. 위에서 짓누르는 우체부의 서슬이 퍼렜다. 그의 상체가 난간 너머로 휘청 꺾였다. 일단 숨통을 터야 했다. 그는 우체부의 허리춤을 잡아챘다. 우체부의 몸이 기우뚱하면

서 그의 다리에 걸리고 말았다. 우체부는 중심을 잃고 구르다가 계단참 구석에 처박혔다. 우체부는 비명조차 지르지 못했다. 비명을 지른 쪽은 그였다.

우체부는 미동도 하지 않았다. 목이 꺾인 듯했다. 설마. 그는 더럭 겁에 질려 자신도 모르게 목을 매만졌다. 우체부는 꿈쩍도 안 했다. 죽은 것 같았다. 그는 부들부들 떨었다. 머릿속은 하얗고 눈앞은 캄캄했다. 세상이 무너지는 기분이었다. 진짜로 무너지는 것은 그의 의식이었다.

정신을 차렸을 때 그는 집에 돌아와 있었다. 그는 자신에게 닥친 불행을 믿을 수 없었다. 대체 무슨 일이 벌어진 것인지 이해할 수도 없었다. 심장이 여태 벌렁거렸다. 심장은 무슨 일이 일어났는지 죄다 알고 있었다. 심장은 블랙박스였다. 그는 심장을 꺼내서 좀 전의 상황을 재생시켜보고 싶은 충동에 사로잡혔다. 왜 우체부를 뒤쫓았지? 그제야 고양이의 시체가 담긴 상자가 떠올랐다.

그는 뭔가에 홀린 듯 밖으로 뛰쳐나갔다. 상자를 치워야 했다. 고양이 시체만 치우면 모든 게 제대로 굴러갈 것 같았다. 그는 4층으로 내려간 뒤 상자가 굴러 떨어진 장소로 갔다. 상자가

보이지 않았다. 그는 출구 윗벽에 적힌 층수를 확인했다. 틀림없이 그 자리였다. 누가 가져간 걸까? 조금 전 일은 모두 헛것이었을까? 과민해진 신경이 빚어낸 악몽이었을까? 바로 위 층계참에 쓰러져 있는 우체부를 본 순간 그의 희망은 꺾이고 말았다.

집에 돌아온 그는 신고를 할지 말지 고민했다. 우체부가 죽었다고 확신할 수는 없었다. 병원에 제때 도착하면 목숨을 건질 수 있을지도 몰랐다. 이미 죽었다면? 긁어 부스럼이었다. 그가 고민하는 사이 사이렌 소리가 들려왔다. 그는 창으로 밖을 내려다보았다. 구급차가 아니라 경찰차였다. 우체부는 죽은 게 분명했다. 이제 그는 자수를 고민하기 시작했다. 자수하면 얼마나 감형 받을 수 있을까?

그는 과실치사의 형량을 인터넷으로 검색해 보았다. 2년 이하의 금고 또는 7백만 원 이하의 벌금. 사람 목숨 값은 의외로 헐했다. 다섯 달 뒤 만기인 적금을 헐면 4백만 원은 마련할 수 있었다. 몰고 있는 차가 오래되긴 했지만 2백만 원은 가능할 터였다. 그는 중고차 사이트에 접속해 시세를 알아보았다. 모델명, 연식, 주행거리를 입력했더니 120만 원이라는 결과가 떴다.

날강도들!

그가 책상을 주먹으로 내리치며 버럭 소리쳤다.

경찰이 집으로 찾아온 것은 다음 날 저녁이었다. 그가 부른 것은 아니었다. 여전히 그는 자수를 망설이고 있었다. 2년의 금고나 7백만 원의 벌금은 겁나지 않았다. 축축한 놈, 이라는 아버지의 힐난이 두려웠다. 우체부의 얼굴은 가물가물했지만 드잡이할 때 외쳤던 말은 쟁쟁했다. 너, 대체 뭐 하는 놈이야? 아버지 말이 맞았다. 그는 축축한 놈이었다.

문밖에 서 있는 사람이 경찰이라고 하자 그의 손이 축축해졌다. 올 것이 오고야 말았다. 그것도 예상보다 빨리. 곧장 자수했어야 했다. 그는 자포자기의 심정으로 문을 열었다. 늦었지만 이제라도 모든 것을 털어놓아야 했다.

고양이를 죽였습니까?

경찰이 현관에 버티고 선 채 물었다.

네?

옆집 고양이를 죽였습니까?

아니요.

고양이 울음 때문에 옆집에 항의하신 적 있죠?

네.

정말 죽이지 않았습니까?

네.

경찰은 그를 물끄러미 바라보았다. 경찰의 눈이 거짓말탐지기처럼 보였다. 그는 경찰의 눈을 피할 수 없었다. 경찰은 수사에 나서게 된 경위를 설명하며 주위를 둘러보았다.

땀이 많으신가 봅니다?

경찰이 은근한 목소리로 물었다.

네?

우리도 저걸 애용하거든요.

경찰이 신발장 위에 놓인 스프레이를 턱으로 가리키며 말했다. 땀냄새 제거용 스프레이. 실수로 들고 온 택배 상자에 들어 있던 물건.

제가 좀, 축축해서요.

그가 머리를 긁적이며 말했다.

경찰은 협조해줘서 고맙다는 인사를 건네고 물러갔다. 문을 닫으며 그는 안도의 숨을 내쉬었다. 고양이 건에 관해서라면 그는 결백했다. 하지만 마냥 좋아할 수만은 없었다. 고양이의 시체가 옆집 여자에게 전해지고 만 것이다. 이제 그에게는 또 다른 걱정거리가 생겼다. 고양이 시체가 담긴 상자를 부친 게 탄로날 수도 있었다. 고양이를 죽이지 않았다는 것을 밝히려면 상자

를 몰래 가져왔다는 사실을 실토해야 했다. 그동안 택배 상자를 훔쳐왔다는 사실까지 까발려질지 몰랐다.

그는 인터넷으로 절도죄의 형량을 찾아보았다. 단순절도는 6년 이하의 징역이나 천만 원 이하의 벌금이었다. 과실치사보다 엄했다. 게다가 그는 상습범이었다. 그는 아파트 단지 지도를 펴보았다. 가위표는 모두 아홉 개였다. 정상참작의 여지는 없었다. 고양이를 죽인 죄까지 덤터기를 쓰게 될 수도 있었다. 그는 반려동물 살해죄의 형량도 뒤져보았다. 동물보호법 위반으로 5백만 원 이하의 벌금을 물어야 했고 재물손괴죄에 따른 3년 이하의 징역이나 7백만 원 이하의 벌금을 감수해야 했다. 세 가지 죄에 대한 벌을 모두 합치면 인생은 끝장이었다. 자수한다면? 이러나저러나 축축한 인생이 될 게 뻔했다. 그는 혀를 깨물고 싶은 심정이었다.

뉴스를 검색하던 그는 우체부에 관한 소식을 찾아냈다. 어제 오후 서울의 모 아파트 계단에서 우체부가 쓰러진 채 발견되어 병원으로 실려갔으나 여태 의식불명이었다. 경찰은 과로에 의한 실족에 무게를 뒀다. 우체부의 목숨이 붙어 있다는 사실에 그는 가슴을 쓸어내렸다.

그날 밤 옆집에서는 아무 소리도 들리지 않았다. 다음 날도, 그다음 날도 쥐죽은 듯 조용했다. 새벽 5시면 어김없이 들리던 구두 소리도 들리지 않았다. 하루도 거르지 않고 문 앞에 나와 있던 빈 그릇도 보이지 않았다. 우체부는 여전히 혼수상태였다.

그는 인터폰으로 경비실에 전화했다.

709홉니다.

무슨 일이십니까?

옆집이 조용해서요.

그런데요?

옆집이 너무 조용합니다.

그게 문제라도 됩니까?

아닙니다.

그는 수화기를 내려놓았다.

밖에서 쿵, 하는 소리가 들린 것은 그가 수화기를 다시 집어 들고 옆집 번호를 누를지 말지 고민하고 있을 때였다. 그는 수화기를 내려놓고 베란다로 나가 아래를 내려다보았다. 화단에 누군가 엎어져 있었다. 핑크색 트레이닝복, 늘씬한 뒤태. 옆집 여자였다. 사람들이 하나둘 여자 주위로 모여들었다. 경비도 보였다. 경비가 고개를 들어 위를 올려다보았다. 다른 사람들도 고개를

들었다. 그는 황급히 몸을 숨겼다.

  한참 뒤 그는 다시 아래를 내려다보았다. 사람들은 여전히 여
자를 둘러싼 채 웅성거리고 있었다. 어디론가 전화를 거는 사람
도 있었다. 위를 올려다보는 사람은 없었다. 그는 여자의 옆얼굴
을 찬찬히 내려다보았다. 옆집 여자의 얼굴은 처음이었다. 손이
축축해졌다. 소파도, 탁자도, 침대도, 옷장도, 신발도, 컴퓨터도,
접시도, 형광등도 축축해졌다. 그는 땀냄새 제거용 스프레이를
손바닥에 뿌렸다. 소파에도, 탁자에도, 침대에도, 옷장에도, 신
발에도, 컴퓨터에도, 접시에도, 형광등에도 뿌렸다. 라벤더향이
진동했다. 109호의 겨드랑이에서 나야 했을 향기였다.

韓国文学ショートショート
きむ ふなセレクション 20
スプレー

2023 年10 月31 日　初版第1 刷発行

〔著者〕キム・ギョンウク（金勁旭）

〔訳者〕田野倉佐和子

〔編集〕藤井久子

〔校正〕河井佳

〔ブックデザイン〕鈴木千佳子

〔DTP〕山口良二

〔印刷〕大日本印刷株式会社

〔発行人〕　永田金司　金承福

〔発行所〕　株式会社クオン

〒101-0051　東京都千代田区神田神保町 1-7-3 三光堂ビル 3 階

電話 03-5244-5426　FAX 03-5244-5428　URL http://www.cuon.jp/

著者

キム・ギョンウク（金勁旭）

1971年光州生まれ。

ソウル大学英文科、同大学院国語国文科博士課程を修了。

1993年「アウトサイダー」で作家世界新人賞を受賞し文壇に登場。

他に韓国日報文学賞、現代文学賞、東仁文学賞、金承鈺文学賞、

李箱文学賞を受賞。

著書に短編集『バグダッド・カフェにはコーヒーがない』

『ベティに会いに行く』『張国栄が死んだって？』

『誰がカート・コバーンを殺したのか』『少年は年をとらない』

『僕のガールフレンドの父親たち』『誰かが私について話す時』、

中編小説『鏡を見る男』、長編小説『モリソン・ホテル』

『黄金の林檎』『千年の王国』『童話のように』など多数。

訳者

田野倉佐和子（たのくら さわこ）

東京都生まれ。日本大学文理学部史学科卒業。

2006年に韓国でホームステイをする機会を得た際、

韓国文化に直接触れて魅了され、独学で韓国語を学び始める。

2009年以降は語学講座で学ぶ。

2017年からキリスト教関連の原稿翻訳や、

CCM（コンテンポラリー・クリスチャン・ミュージック）の

訳詞などに携わる。

翻訳フェスティバル2018を観覧し文芸翻訳に関心を持ち、

これまで様々な媒体を通して翻訳のスキル向上を図ってきた。